MW01317033

# UN CŒUR GROS COMME ÇA

*À la seule Garance que je connaisse, fille de Sylvie T.,*
*et à Sophie N. qui fut la marraine de mon pauvre lapin.*

*Jo H.*


Loi n° 49-956 du 16 juillet 1949 sur les publications destinées à la jeunesse,
modifiée par la loi n° 2011-525 du 17 mai 2011.
ISBN 978-2-09-255070-0

# UN CŒUR GROS COMME ÇA

Jo Hoestlandt
Illustrations de Frédéric Rébéna

Nathan

# 1

– Regarde-moi ce pauvre lapin ! s'est exclamée maman.

Contrairement à ce que l'on pourrait croire, on n'était pas en pleine campagne, non. Et on n'avait pas croisé un malheureux Pierre-Lapin complètement écrabouillé par un bolide. On roulait en ville, à la queue leu leu derrière d'autres voitures qui essayaient, comme nous, de passer au prochain feu rouge ; et il n'y avait pas plus de pauvre lapin à longues oreilles que de vil renard à queue touffue.

Mais maman appelle « pauvre lapin » toute personne qui a l'air un tant soit peu malheureuse ou un peu dépassée par les événements. Ainsi papa, quand il rentre du boulot et s'affale mourant de soif dans son fauteuil, le chien du voisin qui s'étrangle parce qu'il a avalé une mouche de travers, le chat de mamie qu'une puce a méchamment piqué, ou même le président de la République qui s'évertue à satisfaire 60 millions de Français tous mécontents, tous sont invariablement baptisés par maman : « pauvres lapins ! ».

Cette fois-ci, le pauvre lapin de maman, je l'ai reconnu au premier coup d'œil. C'était Manu. Alors je le lui ai dit :

– C'est Manu.

– Quel Manu ? a-t-elle demandé.

Comme s'il y en avait trente-six !

– Tu sais bien ! Celui qui est dans ma classe, qui fait tout de travers ! Manu Ranvaut.

– Ah ! celui-là ! Pauvre lapin ! a redit maman.

À quelques mètres devant nous, sur le trottoir, Manu traînait tout seul son gros sac de voyage qui avait dû avoir deux roulettes dans le temps mais n'en avait plus qu'une à présent.

– Comment se fait-il que ses parents ne l'accompagnent pas ? a interrogé maman.

J'ai haussé les épaules. Comme si je le savais ! Je ne m'intéressais pas vraiment à Manu Ranvaut, et encore moins à ses parents. Je savais juste que sa mère était une grosse dame qui avait la main leste et distribuait des claques plus vite que son ombre ! La marque rouge de sa main, imprimée quelquefois sur la joue de Manu, en était la preuve.

Notre voiture n'était plus qu'à quelques mètres de lui. Maman a dit à papa :

– Arrête-toi une seconde.

– C'est ce que je fais ! a grogné papa. Je m'arrête *toutes* les secondes !

Maman a ouvert sa vitre et a appelé :

– Hé ! Manu !

Il s'est retourné, surpris, mais, ne voyant personne, il a repris son sac à deux mains.

– Oh, non ! Pourquoi tu l'appelles, maman ? ai-je demandé, en me rencognant au fond de mon siège pour qu'il ne me voie pas.

En fait, je connaissais déjà la réponse. Maman ne laissait jamais un pauvre lapin, avec ou sans longues oreilles, perdu au bord du chemin…

Notre voiture a encore fait un saut de

puce et on s'est retrouvés à sa hauteur.

– Hé, Manu ! a redit maman.

Il l'a regardée, surpris.

– Je suis la maman de Garance, a expliqué maman.

Je m'étais faite toute petite sur le siège arrière, mais il m'a vue et son regard s'est éclairé. Ça m'a fait un peu honte d'avoir eu la mauvaise pensée de le laisser là traîner tout seul son gros sac pourri sur le trottoir. Je savais que Manu m'aimait bien…

– Monte dans la voiture ! a proposé maman. Tu n'arriveras pas à l'école beaucoup plus vite qu'à pied, mais tu te fatigueras moins…

Manu ne se l'est pas fait dire deux fois, il est monté, pendant que maman, descendue, fourrait son sac dans le coffre sous les coups de klaxons énervés des voitures qui nous suivaient ; par notre faute, elles venaient de rater le saut de puce qui les aurait propulsées au-delà du feu rouge fatidique.

– Vos gueules les mouettes ! a crié papa.

C'est son injure favorite. Elle n'amuse plus que lui, mais ça ne fait rien, il ne s'en lasse pas. En l'entendant, Manu a eu l'air perplexe et a levé les yeux au ciel comme une andouille, sans doute pour apercevoir les mouettes que mon père invectivait. J'ai pouffé de rire derrière ma main. Quel crétin, ce Manu ! Il croyait toujours tout ce que l'on disait !

Le regard souriant de maman le cherchait dans le rétroviseur.

– Ça va, Manu ? a-t-elle demandé. Tes parents n'ont pas pu t'accompagner ?

– Non, a dit Manu. Y zont pas pu. Papa y dormait, et maman, y dormait pas mais y s'occupait des petits. Mais je pouvais y aller tout seul, a-t-il fanfaronné, je suis plus un bébé !

– C'est sûr ! a dit maman.

Mais j'ai vu dans le rétro qu'elle murmurait quelque chose, et je n'avais pas besoin de savoir lire sur les lèvres pour deviner que ce qu'elle se disait à voix basse était « pauvre lapin »...

Manu m'avait jeté un rapide coup d'œil, mais j'avais fait semblant de ne pas le voir, alors il n'avait pas insisté. Il regardait par la vitre.

– On arrive ! a dit maman.

Le car qui devait nous emmener en classe verte était déjà là. Plein de parents aussi, et les autres de ma classe. Ma meilleure copine, Perrine, m'attendait. Quand elle a vu notre voiture, elle s'est précipitée, mais, en apercevant Manu dedans, elle s'est arrêtée net, surprise. Maman a ouvert les portières, a rendu son sac à Manu, qui l'a pris et s'est dirigé vers le car en faisant : « waooh ! » l'air extasié.

– Tu vois, ai-je dit à maman, c'est Manu tout craché ! Même pas au revoir, même pas merci !

Juste comme je disais cela, il s'est retourné vers nous. J'ai rougi, ne sachant s'il m'avait ou non entendue.

– Merci ! Au revoir ! a-t-il crié à papa et maman.

Et il leur a fait un grand sourire avec sa dent cassée devant, celle qu'Arthur lui a pétée sans le faire exprès en lui envoyant un shoot fortiche dans la tronche pendant une récré.

– Y'a pas de quoi, Manu ! J'espère que tu vas bien t'amuser ! a braillé maman pour se faire entendre dans le brouhaha.

Puis tout de suite elle a enchaîné :

– Bon, moi, faut que je vois ta maîtresse, tout de même, pour lui dire que tu n'as pas beaucoup d'appétit, mais qu'il faut qu'elle te force un peu, sinon, tu ne mangeras rien.

– Oh non, maman ! Ne dis rien s'il te plaît ! Je te promets que je vais manger...

– Oh oui, madame, dites rien, s'il vous plaît ! a répété Perrine, ma fidèle copine. Je vous promets qu'elle va manger.

J'ai vu que maman hésitait.

– Allez ! a dit papa, fiche-lui un peu la paix à ta fille.

Maman a soupiré :

– Bon, d'accord. Mais si, dans trois semaines, tu reviens maigre comme un coucou, c'est direct un flacon d'huile de foie de morue dans le gosier ! T'es prévenue !

J'ai souri, et maman aussi. On savait toutes les deux que cette menace ne serait jamais mise à exécution. Cette fameuse huile de foie de morue, c'était un peu notre monstre du Loch Ness familial : on en parlait souvent, mais on ne la voyait jamais !

Le chauffeur, la maîtresse, les parents, tout le monde a engouffré nos bagages dans les coffres, après, ça a été la valse des bisous, des recommandations :

– N'oublie pas de nous écrire !

– Ne prends pas froid !

– Mange bien, hein !

– On pensera à toi…

Et on est montés dans le car.

Deux minutes plus tard, on était partis.

J'ai regardé défiler les immeubles, et puis j'ai arrêté parce que cela me faisait mal au cœur.

J'ai appuyé ma joue contre la vitre et j'ai fermé les yeux.

Demain on serait loin.

Je ne savais pas encore si cela me rendait triste ou heureuse.

Quand j'ai rouvert les yeux, le reflet de Manu, sur la vitre, souriait au ciel, ou aux anges, s'il y en a.

# 2

Le car s'est arrêté pour qu'on déjeune et Perrine a sorti une vraie dînette de petites boîtes en plastique remplies de petites choses délicieuses. Moi, maman m'avait préparé trois petits sandwichs. J'avais le choix. Je les ai examinés par en dessus, par en dessous. Ils ne m'inspiraient qu'à moitié... Je soupirais, enviant les jolies petites boîtes de Perrine, qui a fini par me proposer :

– Tu veux qu'on partage ?

J'ai accepté, prenant une cuillerée de

carottes râpées, deux tomates cerises, un peu de fromage blanc, de toutes petites quantités qui me convenaient bien. Mais tout à coup j'ai vu que Manu ne mangeait rien. Ça a interrompu mon repas.

Mes sandwichs intacts à la main, je me suis dirigée vers lui.

– T'as pas de déjeuner ? lui ai-je demandé.

– Je l'ai oublié dans le tiroir à chaussettes, m'a-t-il dit.

– … Dans le tiroir à chaussettes ?

– Ouais. Y'a mes chats qui voulaient me bouffer le thon à la mayo, alors je l'avais planqué là. C'est con ! Y va pourrir…

– Tiens, l'ai-je interrompu, un peu écœurée par la vision de la mayonnaise dégoulinant entre les chaussettes, moi j'en avais trop.

Et je lui ai tendu mes sandwichs.

Il s'est jeté dessus comme s'il n'avait pas mangé depuis plusieurs jours et, les joues gonflées comme celles des hamsters, il a juste dit :

– Merchi !

Je suis retournée auprès de Perrine qui rangeait ses petites boîtes vides, les emboîtant les unes dans les autres.

– T'as donné tes sandwichs à Manu ? m'a-t-elle demandé.

– Oui. Il avait oublié les siens.

– Ça ne lui aurait pas fait de mal de sauter un repas ! a ricané Perrine. Tu as vu ses grosses fesses !

J'allais ricaner avec elle, mais je me suis aperçue que la maîtresse nous écoutait.

– Allez, remontez dans le car, les chipies ! a-t-elle dit.

Alors j'ai répondu à Perrine :

– Hé ! N'oublie pas que c'est celui qui le dit qui l'est !

Bien fort. Je ne voulais pas que la maîtresse pense que j'étais une chipie, moi, je voulais qu'elle me trouve gentille, ce que j'étais, au fond, puisque j'avais offert mes sandwichs à Manu au lieu de les jeter à la poubelle !

Mais Perrine n'a pas apprécié ma remarque, ça l'a vexée, et, du coup, elle m'a barré le passage quand j'ai voulu me rasseoir à côté d'elle.

– Je ne peux avoir personne à côté de moi ! a-t-elle glapi. Il me faut deux sièges puisqu'il paraît que j'ai de trop grosses fesses ! Trouve-toi une place ailleurs !

Ne restait plus qu'une place, à côté de Manu. Personne ne se met à côté de lui, sauf si la maîtresse nous oblige, parce qu'il sent bizarre – le chien mouillé ! a suggéré Arthur, une fois.

Peut-être bien. Je ne sais pas je n'ai pas de chien.

– Allez, ai-je dit à Perrine, sois pas vache ! Y'a pas de place ailleurs.

– Moi, j'en vois une ! m'a rétorqué Perrine, aussi impitoyable qu'un cow-boy bien décidé à abattre son ancien complice qui l'a trahi.

Alors je suis allée m'asseoir à côté de Manu, qui m'a demandé, surpris :

– Qu'est-ce que tu veux ?

– La paix ! ai-je dit.

Et j'ai fermé les yeux. J'ai fait semblant de dormir. Manu aussi. Ou alors, il ronflait pour de vrai, mais tellement fort que ça ressemblait à ronfler pour de la blague.

On est arrivés tard au gîte où l'on devait passer notre séjour de classe verte. C'était une grande bâtisse de pierre sur deux étages avec des balcons fleuris. Un homme à large chapeau, accompagné d'un beau grand chien à poil long, est venu à notre rencontre.

– Bonjour madame Chiffon ! a-t-il dit sans rigoler.

Notre maîtresse s'appelle comme ça : Claudia Chiffon. Je ne sais pas pourquoi, ça fait rigoler plein de gens, dont papa, et ce n'est pas gentil, soupire maman, parce qu'elle n'y peut rien, à son nom, cette pauvre lapin.

– Je me présente, a-t-il continué, je suis Marius, le directeur du gîte.

– Enchantée ! a souri Claudia.

Et j'ai trouvé ça bizarre comme réponse, moi, je croyais qu'enchanté ça voulait dire que les fées étaient passées par là, comme dans l'histoire de la *Belle au bois dormant*.

Manu s'était approché du chien, et le chien lui a tendu la patte.

– Comment elle s'appelle ? a-t-il demandé à Marius.

– Tu as vu que c'était une chienne ? s'est exclamé Marius. Tu t'y connais en canidés, toi !

– Non, en canidés, j'm'y connais pas, a répondu Manu un peu perplexe. Mais en chiens, j'm'y connais, évidemment ! J'en ai trois, dans mon appartement, et sept chats, aussi. Toutes façons, un chien qu'a pas de couilles, c'est fastoche de voir que c'est une chienne ! a-t-il conclu.

– Elle s'appelle Vénus ! a déclaré Marius en riant. Tu connais Vénus ?

Manu n'a pas répondu, il était occupé à gratouiller la chienne, qui ne ronronnait pas, mais seulement parce qu'elle n'était pas un chat.

– Vénus, a repris Marius, c'est l'étoile du berger, la plus brillante dans le ciel, la nuit. Et cette chienne-là a été une très bonne chienne de berger.

– Ah ! a dit Manu avec un large sourire. C'est un beau nom, surtout qu'elle a les poils jaunes… Et il l'a appelée doucement par son nom :

– Vénus, ma belle… T'es belle comme… comme une étoile.

On a choisi nos chambres. Perrine et moi, on partageait la nôtre avec Léa et Astrid. C'était une jolie chambre avec des poutres au plafond et des chamois qui couraient sur le mur, pas en vrai, évidemment, c'étaient juste des photos, mais très chouettes.

Après on est descendus dîner. Un bon feu crépitait dans la cheminée et le bois qui brûlait sentait très bon. Tout le monde se bousculait pour s'asseoir auprès de ses copains.

– Un peu de calme ! a tonitrué Marius. On vous entend jusqu'en haut de la montagne ! Vous allez réveiller les loups !

– C'est ça, oui ! a ricané Alex.

Mais Marius l'a regardé si fixement, de son regard noir et perçant, qu'on a arrêté de rigoler. Après tout, on n'en savait rien, pour les loups…

Au repas, je n'avais pas faim, je chipotais, comme dit maman.

– Tu n'as pas faim ? T'es fatiguée ? m'a demandé la dame de service.

J'ai dit oui. En face de moi, Manu s'empiffrait :

– Hum, c'est bon ! Je peux en ravoir ?

Je me demandais comment il pouvait avaler autant. Mystère.

J'ai été bien contente quand on a pu

sortir de table. On était tous fatigués. On est retournés dans nos chambres et on s'est déshabillés. On a enlevé nos slips sous les draps pour que les autres ne voient pas nos fesses. Et puis la maîtresse est passée pour fermer les volets.

– Pas complètement, s'il vous plaît ! a demandé Astrid.

– D'accord ! a concédé la maîtresse.

C'est là qu'on s'est rendu compte que, contrairement à la nuit en ville, il faisait tout de même très noir.

– On voit rien… a chuchoté Léa.

– Mais si ! a dit Claudia. Attendez un peu et vous verrez briller les étoiles.

– Qu'est-ce qu'on entend ? ai-je demandé. Des chauves-souris ?

Ça faisait une espèce de froufrou.

– C'est juste le vent qui court… a répondu Claudia. Bonne nuit, les filles.

Dormez bien.

Comment voulait-elle que l'on dorme bien, la maîtresse, avec tout ce noir dehors, qui voulait entrer, sans compter les loups, peut-être, dont Marius avait parlé... Je me demandais si un loup pouvait sauter sur notre balcon et venir se glisser entre les volets entrebâillés. Ça m'inquiétait.

– Perrine ! Perrine !

Elle dormait. Les autres aussi dormaient. Il n'y avait plus que moi pour surveiller la fenêtre et les loups. Si je m'endormais, on pouvait toutes être dévorées ! Surtout moi ! Puisque mon lit était le plus près de la fenêtre !

Finalement, j'ai décidé de me relever pour aller fermer les volets. Je préférais encore être dans le noir que de surveiller les loups !

Dans le ciel, les étoiles, toutes petites, ressemblaient à des jouets éparpillés sur un grand tapis noir, et l'ombre du sapin pointu, devant, avait l'air d'un chapeau qui aurait perdu sa sorcière.

Un léger « toc toc toc » a résonné contre la cloison. Je ne savais pas qui se trouvait de l'autre côté, mais il devait se sentir un peu seul, lui aussi, comme moi. Alors je lui ai répondu, pareil : « toc toc toc », et ça voulait dire qu'on se souhaitait bonne nuit, de chaque côté du mur qui nous séparait à peine.

Le lendemain matin, comme on sortait tous de nos chambres pour aller prendre le petit-déjeuner, j'ai vu Arthur jaillir de la chambre d'à côté. Était-ce lui qui dormait près de la cloison du fond, celle contre laquelle on avait échangé, hier soir, nos « toc toc toc » de bonsoir ? J'ai jeté un coup d'œil par la porte entrouverte, trois lits étaient vides, mais assis sur le lit du fond Manu enfilait ses chaussettes. Il m'a vue, m'a souri. Le messager du soir, c'était lui.

# 3

Au bout de trois jours, j'avais déjà reçu deux lettres ! Maman adore écrire. Elle correspond avec des tas de gens : ses parents, ses amis, des étrangers rencontrés une fois ici ou là, elle parraine deux enfants pauvres en Inde, elle écrit aux journalistes de sa radio préférée, au maire pour lui indiquer qu'il manque un feu rouge au coin de la petite rue Tronchet, au ministre de la Santé parce qu'elle trouve injuste que les gens pauvres soient obligés de garder leurs dents pourries à cause du prix des soins dentaires ; elle écrit au président de la République pour lui dire bravo quand il fait bien son boulot, et pour lui remonter ses bretelles, dit-elle, quand il se prend pour Louis XIV. Résultat, j'avais déjà reçu deux lettres, et dans la deuxième maman s'inquiétait parce qu'elle n'avait pas encore eu de mes nouvelles ! Comme si je n'avais que ça à faire ! Mais bon, je lui ai écrit :

*Chère maman et cher papa,*

*Je vais bien, ne vous inquiétez pas. Il fait beau et il y a un grand sapin devant le chalet, plus haut que tous les sapins que je connais. Pour Noël, ce serait dur de poser une étoile au sommet. Je partage ma chambre avec Perrine, Léa et Astrid. Ça va, on rigole bien, le soir, des fois on fait des batailles de chaussettes qui puent et d'oreillers. La nuit, il fait très noir, mais c'est tranquille et il n'y a pas d'as-*

*sassin, parce qu'on a un gros chien qui est une chienne de berger en fait et elle garde le chalet ; elle s'appelle Vénus.*

*Gros bisous, smack, smack.*

*Garance*

*PS : Maman, ne m'écris pas tous les jours, c'est trop !*

Deux jours plus tard, maman m'envoyait une nouvelle lettre à laquelle elle avait joint trois cartes de bonnes femmes toutes nues ! Je me suis demandé pourquoi, évidemment. Dans sa lettre, elle m'expliquait que c'étaient toutes des déesses qui s'appelaient Vénus, même la handicapée qui n'avait pas de bras ! Elle me proposait de donner ces reproductions à Claudia pour qu'elle nous fasse un cours sur Vénus ! Maman adore aider la maîtresse à faire ses cours ! C'est plus fort qu'elle ! Mais moi, je ne me voyais vraiment pas aller donner à Claudia toutes ces bonnes femmes à poil, des fois, maman, elle a vraiment de drôles d'idées ! J'ai montré les reproductions à Perrine, et puis Léa est venue regarder mes photos et elle a dit que les Vénus étaient grosses et moches et que les stars de notre époque étaient plus belles. Les garçons sont venus voir ce qu'on regardait, sauf Manu qui jouait avec la chienne à je ne sais quoi, mais ils avaient l'air de rigoler autant l'un que l'autre. Nous les filles, on ne voulait pas leur montrer ces bonnes femmes à poil, c'était trop la honte. Alors ils nous ont poursuivies. Sébastien m'a arraché mes Vénus ! Il ne m'en restait plus qu'un petit bout dans la main !

– Andouille ! ai-je braillé. Rends-moi

l'autre bout de ma Vénus !

Déjà qu'il y en avait une qui n'avait pas de bras, maintenant, il y en avait une autre qui n'avait plus de tête ! Une manchote, l'autre décapitée ! Ah elles étaient chouettes mes Vénus !

Finalement elles ont atterri à la poubelle, même si c'était « dommage de terminer comme ça pour des œuvres d'art », comme a dit Astrid qui s'y connaît parce que sa maison est pleine des tableaux que son père peint tous les dimanches quand il pleut ; sauf s'il y a un match de foot à la télé évidemment.

J'ai répondu une autre lettre à maman.

*Chère maman,*

*Merci pour ta lettre et tes Vénus qui ont bien plu à tout le monde. Tous les élèves, sauf Manu, ont reçu du courrier, mais c'est moi qui en ai reçu le plus. T'es la championne des mamans, mais ne m'écris pas tous les jours, c'est trop, j'ai pas le temps de te répondre tout le temps !*

*Pense aussi au président de la République, à tous ceux qui sont tout seuls, malades, malheureux, qui n'ont même pas d'amis, ni de chien, ni de canari ni de poisson rouge …*

*Le ciel est plein de gros nuages noirs et il va peut-être y avoir de l'orage. Tu serais contente puisque tu aimes bien ça. Je t'envoie un éclair rien que pour toi, puisque je sais bien que papa préfère les éclairs au café.*

*Gros bisous,*

*Garance*

À midi, on a déjeuné sous l'orage. Les éclairs lézardaient le ciel gris sombre comme si la nuit était déjà là. Quand ça tonnait, il y avait des filles qui couinaient.

Ça faisait rigoler les garçons. Moi, je n'avais pas peur. Maman m'a appris à aimer les orages, et même, une fois, en vacances, elle m'a permis d'aller me mettre dessous, toute nue, dans le jardin, pour que la pluie me tombe dessus, toute drue. Ça faisait un peu mal, mais c'était en même temps délicieux !

Non, moi, ce qui m'embêtait plutôt, c'était que la dame de service avait repéré que je ne mangeais pas beaucoup et elle me surveillait pour que je termine mon assiette. Et il y en avait beaucoup trop. C'était dommage que Vénus, couchée près de la cheminée, n'ait pas le droit de venir quémander à nos tables... La grande gueule de la chienne n'aurait pas mis trente secondes à avaler ma viande et ça m'aurait bien arrangée. J'ai demandé à Perrine :

– Tu ne prendrais pas un peu de mon assiette ?

– Oh non, merci ! a répondu Perrine. Déjà que j'ai de grosses fesses !

À ma gauche, il y avait Manu. C'était la maîtresse qui l'avait placé là. J'essayais de faire comme s'il n'était pas là, avec son odeur de chien mouillé, mais ce n'était pas facile. Il mangeait en faisant plein de bruit, aspirait ses nouilles, alors je lui ai dit :

– C'est pas poli de faire autant de bruit en mangeant !

– Ah ? s'est-il étonné. Je fais du bruit ? Je savais pas.

Il a essayé de se retenir. Mais c'était pas terrible. Maintenant il soufflait par le nez, et c'était énervant aussi.

– C'est vachement bon ! a-t-il dit. Il a semblé réfléchir et il a ajouté : Je trouve même que c'est meilleur que ce qu'on nous donne aux Restos du cœur !

Il a raclé son assiette avec sa fourchette et le grincement m'a fait mal aux dents.

– Arrête ! ai-je fulminé.

– De toute façon, y'en a plus ! a-t-il constaté avec regret.

Quel goulu ! Alors je me suis lancée. Pendant qu'il regardait si la dame de service arrivait avec le dessert, vite fait, j'ai échangé son assiette vide contre la mienne, encore bien pleine. La dame arrivait. Tout content, Manu allait lui tendre son assiette quand il a réalisé le miracle. Il est resté bouche bée. Moi, j'ai tendu mon assiette vide.

– Tu vois, quand tu veux ! a dit la dame.

Puis, un peu grondeuse, s'adressant à Manu :

– Allez ! Dépêche-toi un peu, s'il te plaît !

Il m'a regardée par en dessous, l'air interrogateur, je l'ai fixé sans sourciller. Alors il a entamé son deuxième bifteck et sa deuxième assiette de pâtes sans tarder.

J'ai soupiré d'aise. Le problème était réglé.

À la distribution de courrier suivante, je n'avais pas de lettre. Ça m'a un peu surprise que maman me lâche les baskets, je ne m'y attendais pas : écrire, c'est plus fort qu'elle. Mais l'événement, ça a été que Manu, lui, il en avait une de lettre ! Il n'avait pas l'air d'y croire.

– Qui c'est qui m'écrit ? a-t-il demandé à Marius qui distribuait le courrier.

– Je ne sais pas, bonhomme, regarde au dos de l'enveloppe, a répondu Marius. L'expéditeur a dû marquer son nom et son adresse.

Manu manipulait la lettre avec précaution, comme si elle pouvait contenir une bombe ! Claudia a retourné l'enveloppe et lui a lu ce qui était écrit :

BLANCHE SOURIS

8, RUE DE DIMANCHE-JEUDI...

75020 PARIS

Et c'était tout.

– C'est une souris qui m'écrit ? a demandé Manu stupéfait. C'est pas possible ! Comment qu'elle a fait c'te bestiole ? Avec ses petites pattes ? Et pourquoi qu'elle m'écrit à moi ?

J'ai vu que Claudia se retenait d'éclater de rire. La plupart des élèves, eux, ne se retenaient pas et rigolaient franchement.

– Ça doit être parce que tes chaussettes sentent le fromage ! a lancé Lucas.

– Ou parce que t'as des oreilles de Mickey ! a supposé Perrine.

Mais Manu n'écoutait pas. Il est allé s'asseoir près de la cheminée et, avec tout plein de précautions, il a ouvert l'enveloppe et a déchiffré la lettre en ânonnant chaque mot, comme il fait toujours quand on lui demande de lire quelque chose.

– Laissez Manu tranquille ! a dit la maîtresse, et direction la classe, qu'on avance le programme. On va étudier les champignons vénéneux. Qui connaît l'amanite tue-mouche…

Mais moi, je suis curieuse comme fille, j'avais très envie de savoir ce qu'il y avait dans la lettre mystérieuse de Manu, alors je suis restée en arrière, je l'attendais. Quand il m'a rejointe, j'ai demandé, l'air un peu goguenard :

– Alors, cette souris, elle va bien ? Pas de problème avec le chat des voisins ?

– J'en sais rien, a répondu Manu, perplexe. Elle parle pas de ça.

– Elle parle de quoi ?

– Elle dit… a commencé Manu. Il a hésité, a regardé d'un air troublé la lettre qu'il tenait entre ses doigts.

– Alors, quoi ? l'ai-je interrogé, impatiemment.

Manu m'a fixée dans les yeux. Ça m'a gênée. Un peu. Comme si je le forçais à trahir un secret.

– Des trucs… Et à la fin, elle écrit… un autre truc. Voilà.

– Quoi, comme truc ? ai-je insisté.

– C'te bestiole, j'la connais pas, mais elle, elle dit qu'elle me connaît, et elle m'aime beaucoup… Tiens, la preuve, r'garde !

Et du bout des doigts, délicatement, pour me montrer, il a sorti de l'enveloppe une petite feuille rouge et or, très jolie, en forme de cœur.

Ça avait l'air idiot, mais, dans le regard de Manu, il y avait quelque chose, je ne sais quoi, qui m'a empêchée de me moquer de lui. Il a remis soigneusement le petit cœur d'or dans l'enveloppe. Et on est rentrés en classe tous les deux, lui, tenant la lettre de sa souris, moi, rien.

J'ai attendu trois autres jours sans recevoir de courrier. Ça m'a fait bizarre. Limite, ça m'inquiétait. Je me suis dit qu'encore un jour sans rien et j'allais écrire à maman pour lui demander ce qui se passait. Manu, lui, il en avait une tous les jours. Toujours de sa fameuse et mystérieuse souris blanche. Chaque matin, il attendait maintenant la distribution du courrier avec impatience.

– J'ai encore une lettre de la bestiole, maîtresse ?

Et il y en avait une. Et avec, à chaque fois, une petite surprise. Une fois un cahier pour dessiner, fallait relier des chiffres entre eux. Manu était tout content. Surtout qu'à chaque page, en reliant les chiffres, ça lui dessinait un chien différent. Une autre fois, il a reçu un magazine avec plein de photos de chats, et Manu a tout lu et nous a saoulés avec ça pendant deux jours, et qu'il y avait des chats écossais qui avaient des têtes de hiboux, et d'autres chats japonais, quand ils levaient la patte avant gauche, on disait que ça apportait la chance, la patte droite, que ça portait bonheur.

– Contrairement aux chiens, qui, eux, quand ils lèvent une patte, c'est la poisse ! se moquait Arthur.

– Et quand ils lèvent les deux pattes ils se cassent la figure, tes minous ? ricanait aussi Julien.

– Quand on reçoit du courrier, il faut répondre, Manu, avait dit la maîtresse.

– Qu'est-ce que je lui dis ? demandait Manu, perplexe. J'en connais pas de souris ! Y'en a eu chez mon papy, mais il leur a foutu des tapettes pour les zigouiller et y'en a plus !

Mais tout de même, il s'y mettait, demandait à la maîtresse de l'aider en orthographe, « que je me tape pas la honte devant une espèce de Ratatouille, m'dame ! » Il ne nous disait pas ce qu'il lui racontait, ni ce qu'elle lui écrivait, et ça m'intriguait. Un jour, en passant devant la chambre de Manu pour me rendre dans la mienne, j'ai remarqué que la porte était ouverte. Je suis entrée. Je suis allée jusqu'à sa table de nuit, j'ai ouvert son tiroir. Les lettres étaient dedans. J'en ai pris une, j'ai hésité. Mon cœur battait un peu trop fort. Comme je sortais la lettre de son enveloppe, et que je commençais à lire : « Cher Manu, je sais que tu es souvent tout seul… » j'ai fait tomber quelque chose. C'était la petite feuille en forme de cœur. J'ai entendu d'autres élèves qui montaient l'escalier. Ils allaient me voir fouiner dans les affaires de Manu ! Vite, j'ai jeté la lettre dans le tiroir et je suis ressortie !

C'est le soir, en me déchaussant, que j'ai vu, collée à la semelle de mon soulier, la petite feuille en forme de cœur d'or, toute flétrie, toute salie. La honte m'a envahie, mais que pouvais-je y faire maintenant ? Rien.

# 4

Les jours passaient.

À nouveau j'ai reçu une petite lettre de maman, et ça m'a fait plaisir. Elle me parlait d'elle et de papa, de ce qu'ils faisaient sans moi, ils ne disaient pas que je leur manquais, ils n'avaient pas l'air de s'embêter… et ça m'embêtait un peu, je ne savais pas bien pourquoi… Maman me racontait aussi la vie du quartier, ce qui se passait pendant que je n'étais pas là, et cela me paraissait si loin, tout cela, si loin… On était bien séparés par des centaines de kilomètres, la lettre qui me parlait de chez moi semblait venir d'un autre pays, lointain…

Ici, chaque jour, on avait classe, et puis balade, ou sport.

Un matin, avec Marius et un moniteur, on a escaladé la façade du chalet. C'était super ! J'avais un peu la pétoche, au début, quand on m'a harnachée, mais après, en fait, c'était assez simple, il suffisait de poser les pieds dans les encoches prévues à cet effet. Ça faisait un peu mal aux doigts, mais pas trop. D'en bas, Claudia nous filmait. Quand on arrivait tout en haut, c'était génial ! Je n'aurais jamais cru qu'un jour je serais montée sur un toit, comme dans *Mary Poppins* ! Il ne manquait plus que les ramoneurs pour danser entre les cheminées, et la fête aurait été complète. Le seul incident, ça a été à cause de Léa. Quand son tour est arrivé de redescendre du toit, au moment de se jeter dans le vide et de se laisser glisser, elle a été prise de panique et elle s'est mise à hurler. Ça nous a fait à tous une trouille monstre. La maîtresse a cru que Léa tombait du toit, et en a lâché son Caméscope, qui s'est fracassé sur la terrasse. Une catastrophe ! En plus, cela nous avait tous tellement impressionnés que plus personne n'osait se lancer. C'est Manu qui finalement s'est décidé à redescendre après Léa. Il a craché trois ou quatre fois sur ses semelles et dans la paume de ses mains et il a dit :

– Spiderman, on ne le voit pas cracher, mais c'est comme ça qu'il tient, en fait, avec de la bave qui colle !

En bas, notre pauvre maîtresse ramassait

son Caméscope cabossé et le tenait entre ses doigts comme un animal tellement mal en point qu'on se demande s'il ne vaudrait pas mieux l'achever.

En cours, afin de préparer notre grande excursion dans la montagne à la rencontre du grand troupeau de cinq cents moutons et de son berger, on faisait des dictées qui parlaient de montagne, de moutons, de bergères et de bergers. La plus célèbre des bergères, nous a appris Claudia, c'était Jeanne d'Arc ; elle n'était pas jeune, elle était née en 1412 ! Bergère, ça ne lui avait pas plu longtemps !

– Ça ne m'étonne pas ! a dit Léa. Ça ne me plairait pas non plus ! On n'a que des moutons à qui parler, tu parles de chouettes conversations !

– À treize ans, Jeanne d'Arc avait entendu des voix qui lui disaient de sauver la

France envahie par les Anglais – c'était la guerre de Cent Ans.

– Elle avait trop bu ! a affirmé Manu. Mon grand frère aussi, des fois, quand il a trop bu, il entend des drôles de trucs !

– Cent ans, maîtresse ? C'est pas possible ! Les soldats ils ne peuvent pas faire la guerre autant de temps ! À la fin, ils seraient trop vieux pour se battre ! Ils ne pourraient plus que se donner des coups de béquilles !

– Ne m'interrompez pas tout le temps, les enfants, a demandé Claudia, et notez : Le roi Charles VII confia une armée à Jeanne d'Arc !

– À mon avis, confier une armée à une fille, ce n'est pas une bonne idée : elles n'ont pas la tête à la bagarre ! a fait Kévin.

– Pourtant, a rétorqué Claudia, Jeanne a remporté des tas de victoires et a fait sacrer le roi de France. Mais après, elle a été blessée à Paris…

– Ça a toujours été dangereux, Paris ! a dit Nina.

– Eh puis elle a été faite prisonnière, vendue aux Anglais qui l'ont brûlée vive, en 1431, a conclu notre maîtresse.

– Eh bien voilà ! Ça ne serait pas arrivé si elle était restée bergère ! Faut pas les chercher les Anglais, ils sont teigneux ! Y'a qu'à voir au rugby, la ratatouille qu'on s'est prise, tiens ! a soupiré Arthur.

On nous a lu aussi l'histoire de *La Bergère et le Ramoneur*, un conte d'Andersen, une histoire de dingue, celle d'une pauvre fille que son père voulait marier avec un type qui avait des pieds de bouc ! On se demande où l'auteur est allé chercher ça ! Elle, la pauvre, évidemment, elle ne veut pas, elle est amoureuse d'un petit ramoneur, ils se sauvent, ils montent sur le toit, mais là, c'est la catastrophe, la bergère a les chocottes, elle veut redescendre.

– Comme Léa, l'autre jour quand on a escaladé la façade du chalet ! s'est exclamé Manu.

Léa a rougi, elle n'aime pas qu'on lui rappelle cet épisode.

On a aussi appris la chanson *Il pleut, il pleut bergère* qui est plutôt nulle, et que l'instrument de musique des bergers c'était le pipeau.

– Comme les hommes politiques ! s'est exclamé Léo. Chaque fois qu'il y en a un qui passe à la télé pour nous expliquer ce qu'il va faire pour que tout aille mieux, ma mère elle dit que c'est du pipeau !

– Ça suffit comme cela les remarques hors sujet ! a grondé Claudia. Je vais vous distribuer les pipeaux, vous allez essayer de jouer *Au clair de la lune* tous ensemble avec moi.

On a essayé. Un vrai désastre ! Ça a fait une telle cacophonie que même Vénus s'est mise à hurler à la mort pour qu'on arrête.

– C'est du métier, le pipeau, finalement ! a conclu Léo. Je le dirai à ma mère…

La maîtresse nous a aussi appris que les bergers landais marchaient sur des échasses pour ne pas s'enfoncer dans le sable des marécages, et on nous a passé des échasses tout pareil pour qu'on essaie, mais ce n'est pas de la tarte et ça a fini en duel, les garçons s'en servaient comme d'une épée. À ce jeu, Arthur avait l'air d'être le plus fort, mais pas sûr, parce que Manu se défendait pas mal non plus, surtout qu'il était aidé par Vénus, la chienne, qui aboyait furieusement après ceux qui attaquaient Manu ; elle leur mordait les chaussures.

Malheureusement Marius a confisqué les échasses avant qu'on sache qui allait remporter le tournoi.

Et puis, Marius nous a fait tout un cours sur Vénus, l'étoile du berger.

– Il y fait une température de cinq cents degrés ! a-t-il dit. Alors, la vie n'y est pas possible.

– Même pour un pompier dans sa combinaison ? a demandé Léa.

– Oui. Même ! a répondu Marius. De toute façon, à cette température-là, il n'y a pas d'eau. Tous les océans se sont évaporés. La lumière y est grise, comme celle que l'on a les jours d'orage.

– On ne dirait pas, à la voir comme ça ! Elle est si brillante ! s'est étonné Hugo.

– Pourquoi les étoiles brillent ? a demandé Manu.

– C'est une belle question ! a dit Marius.

Et Manu a été tout content, parce qu'en général tout le monde pense qu'il ne pose que des questions idiotes.

– Les étoiles brillent, parce qu'en réalité ce sont de petits soleils très lointains qui brûlent, comme le nôtre, et rayonnent.

– Si les étoiles sont des soleils, alors le soleil, c'est une étoile en plein jour ? a encore demandé Manu.

Toute la classe a été drôlement épatée, et Manu a encore rougi parce que ça n'était pas souvent qu'il posait des questions intelligentes, mais, quand il s'y mettait, il ne pouvait plus s'arrêter.

– Oui, le soleil est une étoile, parce qu'il fabrique lui-même sa lumière en son sein.

On a tous un peu rigolé en imaginant les seins du soleil, et, en cachette, Damien a dessiné un soleil avec des gros nénés et l'a fait passer à tout le monde.

Après, on est sortis jouer. Manu, pensif, regardait le ciel.

Perrine et moi, on a proposé de jouer à *Un deux trois soleil*, contre le mur de pierre. C'était moi qui comptais, et qui me retournais et éliminais ceux que j'avais vus bouger. Manu a été éliminé tout de suite. Il s'est assis par terre, puis s'est laissé tomber en arrière, la chienne Vénus est venue s'allonger près de lui, la langue pendante.

Quand le jeu a été terminé, qu'il a fallu rentrer au chalet, Manu était toujours allongé dans l'herbe, le corps ici, mais la tête ailleurs, dans les nuages, ou dans les étoiles.

Un jour, dans la salle de classe, chacun a trouvé une orange posée sur sa table. Et au tableau, la maîtresse avait écrit, mystérieusement :

*La Terre est bleue comme une orange.*

Et on devait la dessiner.

– Orange ou bleue, maîtresse ? a-t-on demandé, perplexes.

Comme on voulait.

– Pourquoi serait-elle bleue ? nous a demandé la maîtresse, pour nous faire réfléchir.

À cause de la mer, et du ciel, on a trouvé ça comme idée.

– Et pourquoi serait-elle comme une orange ? a continué Claudia pour nous faire encore réfléchir.

Parce qu'elle est ronde.

Et orange au soleil couchant…

– Bien ! a dit Claudia, toute contente qu'on réfléchisse aussi bien. Et quoi encore ? nous a-t-elle encouragés.

Mais on n’avait plus d’idées. Fallait pas exagérer. Claudia a abandonné les questions, elle est passée de table en table, pour admirer toutes nos Terre, toutes belles, peintes en orange, en bleu.

– Maîtresse, l’orange, on la mange ? a demandé Manu.

– Vous la mangerez quand vous aurez fini de dessiner, a dit Claudia, mais proprement, hein, quartier par quartier pour ne pas mettre du jus partout.

– C’est les tranches d’orange, maîtresse, qui s’appellent des « quartiers » ? a demandé Manu.

La maîtresse a fait oui avec la tête, en silence.

On a continué de peindre, le bleu jaillissait, l’orange resplendissait.

Tout à coup, on a entendu la voix de Manu, pensive :

– Celui qui a dit que la Terre était comme une orange, moi, je crois que c'était à cause de tous ses quartiers… surtout quand ça flambe…

# 5

Et voilà. Le grand jour de notre grande excursion était arrivé. On allait chercher cinq cents moutons qui étaient partis au printemps pour les alpages, là où l'herbe est verte tout l'été. En automne, avant la mauvaise saison, il faut les redescendre jusque dans la vallée. Cela s'appelle la transhumance.

La veille, il avait plu, l'air était frais, il flottait une brume, légère. Je frissonnais malgré mon blouson tout neuf.

– Ça caille dur ! a résumé Arthur.

Marius et Vénus nous accompagnaient. La chienne semblait folle de joie et gambadait partout. Manu courait à côté d'elle, tout aussi excité. Un bout de papier journal dépassait de son blouson.

– Qu'est-ce que c'est que ça ? ai-je demandé. T'emportes de la lecture ?

– Ça va pas la tête ? m'a souri Manu de son sourire cassé. Je les ai piquées à la cheminée. C'est mon papy qui m'a montré. Les pages de journaux ça sert à protéger du froid en dessous de mon blouson. C'est comme ça qu'y fait, mon papy, quand y va à la pêche ! Ça tient vachement chaud !

Ça avait l'air vrai, parce que, contrairement à la plupart d'entre nous, Manu ne tremblotait pas du tout.

– Observez bien la flore en chemin, a recommandé Claudia. Rappelez-vous ! On passera par différents étages, et ce ne sera pas la même flore selon que nous serons à cinq cents ou à mille mètres d'altitude. Demandez-nous, à Marius et à moi, le nom des arbres, notez-les dans votre petit carnet, et ramassez ou décrivez-en les feuilles, hein ? Ramassez tout ce que vous trouvez intéressant : cailloux, végétation, champignons... On classera tout au retour.

– C'est une balade ou c'est du boulot ? a ronchonné Manu. Si j'observe pas tout bien, vous allez pas me mettre un zéro, hein maîtresse ? La transhumance, c'est pas une matière comme la dictée, quand même ! Ça serait vachement vache, ça ! a-t-il ajouté à voix plus basse.

Et comme Claudia le regardait d'un air peu amène, il a demandé, pour faire preuve de bonne volonté :

– Marius, il m'a dit qu'y avait des p'tits arbres, leurs fruits c'étaient des gratte-cul. Y s'ront à quel étage, m'dame, les gratte-cul ?

Au début, on a marché d'un bon pas. On se racontait des blagues, et on croquait des noisettes et des carrés de chocolat.

– Faut pas en donner à Vénus ! Pour les chiens, le chocolat, c'est mortel, comme l'autre champignon, là, qu'elle a dit Claudia, la dynamite tue-mouche ! nous a avertis Manu.

Et comme on ne le croyait pas, il a demandé à Marius, qui a confirmé en disant :

– Manu a raison, c'est un vrai spécialiste !

Et Manu a été content, parce que jusqu'ici, quand la maîtresse disait qu'il était un spécialiste, ça voulait dire : en bêtises et en crétineries !

Au début, je n'étais pas fatiguée. On a traversé deux jolis villages, avec une fontaine, et des balcons fleuris. Les gens du village nous regardaient passer, il y avait surtout des vieux, nous, c'était comme si on défilait. Manquait plus que la fanfare et les majorettes !

Après, le chemin est devenu rocailleux.

– Attention de ne pas vous tordre les pieds, les enfants ! nous a recommandé Marius.

On avait un sac à dos pour y mettre tout : les feuilles, les fleurs, les cailloux, ce qu'on trouvait joli et intéressant.

– Maîtresse, ça s'appelle comment, la fleur qui porte bonheur ? a demandé Manu.

– L'edelweiss, mais tu n'en trouveras pas, il faudrait monter plus haut.

– Mince ! a soupiré Manu. Ça m'aurait plu d'avoir du bonheur gratos !

– Quand y'a de la rocaille, comme ça,

y'a souvent des serpents ! a claironné Sébastien. Si j'en vois un, je l'attrape et je le mets dans le sac ! s'est-il vanté. Mon oncle m'a montré comment faut faire ! C'est super fastoche ! Faut les attraper juste derrière la tête !

– T'en as déjà attrapé ? a demandé Astrid, admirative.

– Pas vraiment, a admis Sébastien. Mais presque. J'ai compris le geste. Pour m'apprendre, mon oncle, il m'avait fait un faux serpent, avec des chaussettes attachées les unes aux autres…

– C'est sûr qu'un serpent de chaussettes, c'est plus facile pour commencer, ça mord moins ! s'est moquée Perrine.

Souvent, Claudia s'arrêtait, nous montrait un arbre, une plante, nous faisait toucher, sentir, nous expliquait des trucs bizarres :

– Ça, c'est un noisetier. Regardez ses chatons verdâtres !

– Où ça, maîtresse, où ça, je ne les vois pas ! braillait Manu en poussant tout le monde.

Nous aussi, on se tordait le cou pour voir les chatons verdâtres, et c'était de la blague ! C'était juste ses feuilles qu'on appelait comme ça ! Du coup, c'était moins passionnant…

– Avec les branches souples du noisetier, poursuivait la maîtresse, on fabriquait des arcs, autrefois.

– Si on en faisait un, pour tuer un loup ? proposait Arthur.

Mais la maîtresse disait que ni l'arc ni le loup n'étaient prévus dans le programme.

Alors on repartait, mais Manu restait à la traîne et Claudia devait l'appeler.

– Dépêche-toi, Manu, qu'est-ce que tu fabriques ?

Il nous rejoignait à contrecœur.

– Tout de même, disait-il, restant sur sa première impression, y'en avait peut-être d'autres, des *vrais* chatons verdâtres, qu'elle savait pas, la maîtresse, des sortes de chatons d'extraterrestres qu'elle avait pas vus, que j'aurais pu adopter…

Plus on allait, plus on montait, plus il faisait frais. À midi, on a pique-niqué à bonne altitude. Comme d'habitude, j'ai filé, en cachette, la moitié de mon déjeuner à Manu. C'était drôlement pratique !

– T'as chamais faim ? m'a demandé Manu, la bouche pleine.

– Non. Jamais.

– Ch'est une maladie ? a-t-il demandé encore.

– Non, je ne crois pas, ai-je dit. Juste, j'ai pas faim, c'est tout, comme d'autres n'ont pas froid quand il fait froid, peut-être… Voilà.

– Ma sœur, des fois, elle mange pas. Elle, c'est pour faire un régime, être belle et avoir plein d'amoureux. Mais ma mère, elle l'houspille, elle dit qu'on ne peut pas vivre d'amour et d'eau fraîche… Toi, tu crois qu'on peut ?

Comme si je savais ! Mais j'avais un gobelet d'eau fraîche dans la main. Je l'ai bu. C'était bon…

Je me suis aperçue que Manu mettait son fromage dans sa poche. Il a vu que je l'avais vu.

– Ça fait plusieurs jours que je le mets de côté ! m'a-t-il expliqué. C'est pour envoyer à la souris blanche, pour la remercier… J'crois qu'elle va apprécier.

C'est pas de la gnognote de supermarché le fromage d'ici !

– Ah, c'est ça ! ai-je dit.

Je pensais : c'est ça qu'il sentait encore plus bizarre que d'habitude, Manu. Il sentait le chien mouillé, *plus* le fromage ! Voilà ! Mais je ne sais pourquoi, ça me dégoûtait moins qu'avant, limite je m'habituais, c'était l'odeur de Manu, voilà tout.

On a passé un petit torrent, fallait pas glisser sur les pierres mouillées. Naturellement, Manu a voulu nous asperger, il a dérapé et a trempé le fond de son pantalon.

– Tu pisses par derrière, maintenant ? s'est moqué Alex.

Manu n'a pas répondu. Mais au bout de quelques minutes, il m'a avoué :

– J'ai un peu le cul gelé ! Mais si je mets le journal dans mon pantalon, j'vais avoir froid aux poumons ! Et mon tonton, il est mort d'une *pneumomie* ! Tu sais ce que c'est ? C'est un coup de froid aux poumons justement ! J'sais pas quoi faire, moi… Ça m'étonnerait qu'on puisse mourir d'un coup de froid au cul, hein Garance ? Qu'est-ce que t'en penses ?

La dernière montée a été rude, on s'appliquait seulement à grimper, grimper, grimper, et on n'écoutait plus trop les explications de Claudia. Son ellébore, dont quatre grains, disait La Fontaine, devaient vous guérir de la folie, nous, on trouvait surtout que ça puait ; ses épicéas, c'étaient rien que des sapins sans boules de Noël, les éclats de silex, bof, de la rocaille, seul l'églantier, d'où venaient les fameux gratte-cul qui faisaient rêver Manu, nous a un peu sortis de notre torpeur.

On en a cueilli pour faire des blagues aux autres classes à la récré à notre retour.

Mais à l'arrivée, en haut, quel spectacle ! Cinq cents moutons, rassemblés pour notre arrivée ! Comme un énorme nuage de flocons blancs sous le soleil couchant. On est tous restés saisis d'admiration. C'était plus beau, plus impressionnant que tout ce que l'on avait pu imaginer.

Vénus nous a sortis de notre silence émerveillé. Elle s'est élancée en jappant vers les autres chiens de berger, ravie de les retrouver. Ils se sont engagés dans une course-poursuite effrénée, les moutons avançaient et reculaient, dans une sorte de flux et de reflux inquiet. Le nuage s'éparpillait, s'effilochait. Vite, le berger y a remis bon ordre et la houle blanche s'est calmée.

On a dîné en haut, d'une bonne omelette, de pain, de lait et de fromage de brebis. Comme à midi, Manu a renoncé à son fromage et l'a mis dans sa poche. Cette fois, je savais pourquoi ! Et je lui ai donné la moitié du mien pour compléter le futur plateau-repas de sa souris. Pour une fois, sans m'en apercevoir, j'ai bien mangé. Peut-être parce que là-haut, où tout était si beau, près du gros nuage des moutons blancs , je me sentais le cœur et le corps légers...

Le berger et Marius avaient allumé un feu. On était tous assis, autour de sa chaleur. La nuit venait, mais on n'avait pas peur. Le berger, qui avait une belle barbe, noire (contrairement au père Noël), nous a raconté sa vie, les aventures de son métier.

– Parce qu'on en a des aventures, vous savez ! Tenez, un jour, a-t-il commencé, que j'étais gamin et que je ramenais les moutons en compagnie de mon père et d'un autre berger qui s'appelait Taxy...

On s'est mis à pouffer de rire. Taxy ! Quel nom idiot !

– Bah oui, il s'appelait comme ça ! Et après ? a grondé le berger en fronçant ses gros sourcils broussailleux. Moi je m'appelle bien Maximin Crote, ça fait rigoler quelqu'un ? Taxy et Crote sont des noms courants ici, des noms du pays !

On n'a plus osé rire, le berger à barbe noire nous impressionnait un peu.

– Bref, a-t-il continué à nous raconter, ce jour-là, sur une petite route, la moto d'un fada avait foncé dans le troupeau qui traversait. Taxy avait agité son bâton et gueulé comme un putois pour l'arrêter, mais c'était trop tard, il n'avait eu que le temps de plonger dans le fossé pour ne pas se faire écrabouiller. La moto avait complètement défoncé trois moutons, qui crevaient les pattes en l'air, la cervelle éclatée. Et le motard, sous le choc, s'était envolé dans les airs avant de s'étaler par terre comme une pauvre crêpe qui aurait raté sa poêle.

Et pendant qu'on frissonnait tous à l'image de ces pauvres bêtes éventrées :

– Oh merde ! s'est exclamé Manu, consterné. Y sont couillons ces bestiaux ! Je parie qu'après ça la moto était fichue ! Au prix qu'ça coûte ! C'était quoi comme marque, la moto, m'sieur ?

On a passé une nuit superbe, tous ensemble, dans une grange.

Manu s'est tenu un bon moment devant la porte de la grange, il regardait les étoiles, la chienne assise à ses pieds.

– Où qu'elle est, son étoile, à Vénus, que je lui montre ? a-t-il demandé à Marius qui la lui a montrée.

– T'as vu Vénus, ton étoile ? lui a murmuré Manu. T'en as de la chance d'avoir une bonne étoile…

On s'est couchés tout habillés. Perrine s'était allongée à côté de moi. On s'est tenu la main quelques minutes, dans le noir, et puis, le sommeil venant, nos doigts se sont défaits. Manu s'endormait de l'autre côté de moi, je l'entendais souffler.

– Manu, ai-je ronchonné, arrête de respirer !

Je ne sais pas si c'était un hasard, mais tout à coup je ne l'ai plus entendu du tout. Et ça m'a inquiétée :

– Manu, t'es pas mort ? lui ai-je demandé en lui secouant le bras.

Il n'a pas répondu, mais s'est remis à

souffler. J'ai respiré, rassurée. Finalement, je préférais ça. Les trois petits coups rituels du soir frappés contre la cloison me manquaient. « Toc toc toc », ai-je murmuré. Mais personne n'a répondu.

J'étais si fatiguée que j'avais l'impression d'être dans une barque qui tournait. On ne voyait pas dehors, mais je sentais le poids du ciel, au-dessus de nous, comme un doux édredon de soie.

# 6

Le lendemain, de bon matin, on est repartis. Il faisait encore plus froid que la veille et une légère vapeur nous enveloppait et les moutons.

Le berger, enveloppé dans une cape noire, plus longue que celle de Zorro, scrutait le ciel.

– Qu'est-ce que vous regardez, m'sieur ? a demandé Manu.

– Si la neige va pas dégringoler ! Ça nous pend au nez ! a grommelé le berger qui avait déjà, dans sa barbe, pour preuve de ce qu'il craignait, de minuscules gouttelettes brillantes.

– La neige ? Ce serait chouette ! s'est emballé Manu. On pourrait s'envoyer des boulets de canon ! Et puis, vos moutons, y craignent rien, y zont leur pull sur eux !

– T'es un p'tit marrant toi, hein ? a dit affectueusement le berger, si on te mouche le nez, il en sortira encore du lait !

– Ah bon ? s'est étonné Manu.

Après avoir bu une tasse de lait – sans que rien ne nous sorte par le nez ! – et mangé un morceau de pain sec que j'ai trouvé délicieux, on s'est mis en route. Le bouc allait devant, le troupeau suivait, avec les chiens qui le surveillaient. Au bout d'une heure de marche, Manu est tombé en arrêt devant quelque chose de blanchâtre. Il a appelé Claudia.

– C'est quoi, maîtresse ?

Claudia a dit :

– Ça m'a l'air d'être une crotte !

– Une crotte de quoi ? a interrogé Manu encore plus intéressé.

La maîtresse ne sait pas tout et elle ne savait pas cela.

– Je crois bien que c'est une crotte d'aigle ! a répondu le berger à sa place. Regarde un peu, aux alentours, si tu trouves d'autres traces…

– Des traces de quoi, je cherche ? a dit Manu. Tu m'aides à chercher Garance ? Qu'est-ce qui faut trouver ? Des traces de griffes ? Des plumes d'Indiens ?

J'ai trifouillé les herbes avec lui, sur le bas-côté du sentier, et tout à coup on est tombés sur une horrible carcasse, avec encore des bouts de chair qui s'effilochaient, deux trous à la place des yeux, et une odeur de pourri. Un nuage de mouches bleues bzozotait tout autour, bref, une horreur. Je me suis écartée, dégoûtée, mais Manu, tout excité, a appelé les autres :

– Hé, v'nez voir ! J'ai trouvé un squelette de … de quoi, Marius ?

– On dirait un chien, non ? a suggéré Marius, en repoussant avec de grands gestes des mains et des pieds les mouches tout excitées.

– Oui, ça devait être un chien errant, sûrement malade, a confirmé le berger. Quand il a été à bout de forces, il s'est couché pour crever. Alors sans doute l'aigle, qui le guettait depuis un bon moment et tournoyait au-dessus de lui, l'a attaqué. Et puis il l'a dépecé.

On était tous écœurés, sauf Manu, qui continuait à poser des questions.

– Y sent drôlement la merdouille ! Et

c'est quoi, l'espèce de grosse nouille, là, qui dépasse de ses côtelettes ?

– Un bout de l'intestin, je pense, a répondu Marius.

– Avec son bec, l'aigle a aspiré le foie, les poumons, la cervelle, les yeux, tout ce qu'il pouvait ! a expliqué le berger. Il n'a rien laissé, ou presque, que la cage des os.

– Ça, c'est du beau travail ! Dans *Jack l'Éventreur*, c'est pareil ! a approuvé Manu, fin connaisseur en film d'horreur. Mais l'aigle, m'sieur, c'était p'têtre une maman-aigle qui voulait bien régaler ses petits, non ?... a-t-il suggéré, comme pour lui trouver des excuses, à cet éventreur-là.

Je me sentais toute flageolante en imaginant cet affreux festin de l'aigle aspirant goulûment l'intestin du chien comme Manu aspirait ses nouilles... J'ai sorti ma gourde de mon sac pour laver ma gorge de son envie de vomir.

– Allez, on continue, a dit le berger. Les moutons sont pressés de rentrer.

Moi aussi, ai-je pensé. J'avais très envie de retrouver le calme douillet du chalet. Il y avait, dans la nature, des violences extraordinaires que je ne soupçonnais pas avant cette excursion et qui me la rendaient hostile. L'impression que tout pouvait arriver, surtout ce qu'on n'attendait pas.

De retour au chalet, quand Claudia nous a demandé ce qui nous avait le plus intéressé au cours de notre expédition, tout le monde a dit : l'aigle ! Et pourtant, on ne l'avait pas vu !

Le lendemain, on a tous écrit à nos parents une longue lettre, pour leur raconter notre aventure, personne n'a dit qu'il ne savait pas quoi écrire. Manu a même écrit deux lettres ! Une à ses parents et l'autre à sa souris Blanche.

– Qu'est-ce que j'ai comme boulot ! a-t-il soupiré.

Et la vie a repris au chalet, plus calme. On a classé tout ce qu'on avait rapporté de la montagne, fleurs, feuilles, écorces, champignons, baies (gratte-cul), silex – mais personne n'a été capable de faire du feu avec, ils étaient drôlement fortiches, les préhistoriques ! Il y avait également une plume d'oiseau, une petite touffe de laine de mouton, mais le plus beau de notre butin, c'est Manu qui l'a sorti de son sac, soigneusement enveloppé dans sa serviette en papier, LA CROTTE DE L'AIGLE ! INTACTE !

– Ohhhh ! on a fait.

Manu, tout fier, s'est rengorgé.

– Faudrait la mettre sous un p'tit globe de verre, avec de la neige qui tombe dessus… a-t-il rêvé.

J'ai reçu une dernière lettre de maman et papa. Maman me disait qu'elle avait bien pensé à moi, même si elle ne m'avait pas écrit chaque jour, mais que, comme je le lui avais suggéré, elle avait été bien occupée par d'autres personnes, d'autres courriers, qu'elle serait drôlement contente de me retrouver et que je lui raconte tout ce qui s'était passé.

Manu lui, avait reçu une carte de la souris, c'était la dernière, car on allait bientôt rentrer chez nous. C'était une grande photo d'aigle, magnifique, planant dans le ciel bleu. Il l'a rangée précieusement avec les autres.

En souvenir de notre aigle, la maîtresse nous a appris une très belle chanson,

*L'Aigle noir*, d'une chanteuse pas à la mode mais bien quand même, qui s'appelait Barbara. Ça raconte que pendant qu'elle dormait, elle a vu un aigle crever le ciel, un matin ou peut-être une nuit, elle sait plus, ça lui a fait un vrai choc, évidemment ! Elle est morte, depuis, mais pas à cause de l'aigle. La chanson de *l'Aigle noir*, elle nous a tellement plu qu'on l'avait dans la tête tout le temps, tout le temps, on ne pouvait plus s'arrêter de la chanter ! La maîtresse à la fin en avait par-dessus la tête de cet aigle noir qu'on emmenait partout avec nous, et nous aussi, mais ni l'aigle ni nous n'y pouvions rien du tout.

– Allez, lâchez-le, cet aigle, par pitié ! nous suppliait-elle.

Mais en vain. Toujours il revenait, volant dans son air de musique... Parfois, une chanson, c'est plus fort que nous !

Le dernier jour, on est allés au village, pour acheter, si on voulait, un souvenir pour nous ou pour les parents. J'ai pris une clochette rouge, pour suspendre à la porte de ma chambre, afin que mes parents la sonnent, avant d'entrer. J'hésitais avec une fleur d'edelweiss, parce qu'il paraît que ça porte bonheur, mais comme je voulais aussi acheter des bonbons, je me suis décidée pour la clochette. Perrine s'est offert un mouchoir avec des montagnes peintes dessus, Lucas, un canif, Alex une boîte qui faisait meuhhh quand on la retournait… Manu n'avait pas de sous, mais il a dit, avec un clin d'œil dans ma direction, qu'il avait tout ce qu'il fallait :

– Pour la souris, tu sais quoi… et à maman, je donnerai la petite feuille en forme de cœur d'or que m'a envoyée la souris ! Hein ? Ça sera parfait, comme ça !

La honte m'a à nouveau envahie. La petite feuille en forme de cœur d'or qui avait fini sa minuscule vie collée à la semelle de mon soulier…

Alors, vite, je suis retournée dans le magasin de souvenirs, et, renonçant aux bonbons, j'ai acheté la petite fleur d'edelweiss séchée qui porte bonheur.

Et en rentrant au chalet, subrepticement, je l'ai glissée dans la lettre de la souris où aurait dû se trouver la feuille en cœur d'or. Je me suis dit que ça lui ferait une sacrée surprise à Manu, qu'il se dirait que c'était de la magie, et j'espérais que ça lui plairait bien.

De retour au chalet, avant qu'on ne retourne à la maison, Manu a rangé tous les bouts de fromage qu'on n'avait pas mangés dans une petite boîte, qu'il a décorée d'un gros cœur au feutre rouge.

– Ah ah ! Ça va être sa fête, à la bestiole, quand elle va recevoir ça ! s'est-il exclamé, ravi. Quand elle aura bouffé le fromage, elle verra encore le gros cœur rouge, pour lui dire qu'elle n'est pas toute seule, que je pense à elle.

Et il a donné le paquet à Marius pour qu'il le poste.

Deux jours plus tard, on était rentrés chez nous. La maman de Manu était venue le chercher à l'arrivée, accompagnée de deux de ses petits frères et de ses trois chiens tout contents qui faisaient des bonds en retrouvant Manu.

– Salut Manu ! lui a fait maman.

– Bonjour madame ! a-t-il répondu.

Puis, cérémonieusement, comme il avait vu faire Marius à l'arrivée au chalet :

– Je vous présente ma mère, a-t-il dit

cérémonieusement, comme s'il s'agissait de la reine d'Angleterre.

– Enchantée ! a répondu maman en souriant, exactement comme avait répondu Claudia et comme si la mère de Manu était aussi extraordinaire que la reine d'Angleterre.

On a eu du mal à se quitter, tous. On avait vécu de si beaux jours, ensemble... Mais chacun devait retourner chez lui, ici ou là, dans son quartier. Heureusement qu'on allait se retrouver très vite, à l'école !

– Salut Garance, m'a dit Manu, en me souriant de son sourire cassé. Et merci ! a-t-il ajouté, sans que je sache très bien si c'était pour les trois toc toc du soir, le fromage ou autre chose, je ne savais quoi.

– Salut Manu ! ai-je répondu en lui souriant également. Et merci ! ai-je ajouté moi aussi, sans très bien savoir si c'était pour m'avoir aidée à manger, les « toc toc », ou pour autre chose, mais quoi ?

– Tu veux que je te prenne ta valoche, Manu ? a demandé sa mère.

– Pas la peine. J'ai pris des forces là-bas, m'man. J'ai super bien mangé ! Et puis, c'est trop lourd pour toi…

– Il a un petit cœur d'or, ce pauvre lapin ! a soupiré maman en le regardant s'éloigner, tirant son sac à une seule roulette.

Un petit cœur d'or… Comme celui que je lui avais volé…

Rentrée à la maison, j'ai regardé par la fenêtre, les lumières de la ville brillaient, mais je ne voyais ni Vénus ni les autres étoiles. De l'aigle, on était revenus aux pigeons, et du grand sapin pointu aux marronniers nus. Il n'y avait pas de vent dehors, juste du bruit…

J'ai vidé mon sac de voyage, mis mes vêtements à laver, ils sentaient encore un peu là-bas, le bois qui brûle dans la cheminée… J'ai accroché la petite clochette rouge sur la porte de ma chambre et j'ai prévenu mes parents : maintenant, il fallait sonner avant d'entrer !

Maman s'affairait dans la cuisine pendant que papa mettait le couvert pour nous trois.

– On est contents de te retrouver, ma chérie ! a dit maman. Qu'est-ce que tu nous a manqué !

Je leur ai souri. Ils m'avaient manqué aussi… Mais maintenant, c'étaient les autres qui me manquaient : Perrine, Manu…

Je me suis assise, toute seule à la table de cuisine, ça me faisait drôle de n'avoir plus Perrine à droite, Manu à gauche… Juste le vide. Je me sentais seule.

– C'est drôle, a dit maman, tu n'es pas partie très longtemps, mais j'ai l'impression que tu as changé… Tu as grandi…

– Tu crois ? ai-je dit.

Mais moi aussi je me sentais grandie, ou alors c'était l'appartement qui avait rétréci, parce que j'avais l'impression d'y être un peu à l'étroit.

– Qu'est-ce que tu veux manger ? m'a demandé maman. Qu'est-ce qui te ferait plaisir ?

Je ne savais pas. Juste je pensais à Manu qui allait se mettre à table et manger quoi, sans moi… Allait-il avoir encore faim à la fin de son repas ? Est-ce que lui aussi, en mangeant, il allait penser à moi ? Et ce soir, qui frapperait à ma cloison « toc toc toc », pour me dire bonsoir ?

– Une omelette, ça te dirait ? a suggéré maman.

– Pourquoi pas.

– Au fromage ? J'en ai reçu du bon, justement.

– D'accord.

– Fais-la donc toute seule, tiens, pendant que je lave la salade, m'a demandé maman. Comme ça, elle sera à ton goût.

J'ai ouvert le frigo pour prendre les œufs, et le fromage.

Et je l'ai reconnue tout de suite, là, entre les piles de yaourts.

La boîte.

La jolie petite boîte envoyée par Manu.

Décorée d'un gros cœur au feutre rouge.

Qui m'attendait.

Pour me dire que je n'étais pas toute seule.

Qu'on pensait à moi.

– Tire le rideau, a dit maman, il fait nuit noire.

Je l'ai tiré. Dehors est resté dehors.

Mais je savais maintenant que, derrière le rideau tiré, même quand il semblait faire nuit noire, la Terre était bleue comme une orange, partout et dans tous ses quartiers à la fois.

Je me suis couchée tôt.

Sous ma peau, « toc toc toc ».

C'était mon cœur qui frappait doucement.

# TABLE DES MATIÈRES

# Jo Hoestlandt

Jo Hoestlandt est une femme très ordinaire qui vit la même vie que tout le monde, sauf qu'elle est parfois accompagnée d'enfants de papier, imaginés après qu'elle ait rencontré, en vrai, des enfants qui l'ont touchée. Manu est l'un de ces enfants-là, au cœur gros comme ça. Jo Hoestlandt, dont le métier et le bonheur sont de trouver les mots qui feront vivre et rencontrer ces personnes devenues des personnages, est donc heureuse de vous présenter Manu, son dernier, et bien aimé, enfant de papier.

*Du même auteur :*

AUX ÉDITIONS NATHAN

*Mémé, t'as du courrier !*
*Tu peux toujours courir !*
*Faut pas pousser mémé !*
*Lydia et l'aquarelliste*
*Lisa a disparu*

CHEZ D'AUTRES ÉDITEURS

*La demoiselle d'honneur*, Thierry Magnier.
*L'auteur de mes jours*, Thierry Magnier.
*Poing de côté*, Actes Sud Junior.
*Une si jolie maîtresse*, Actes Sud Junior.
*Copain*, Bayard.

## Frédéric Rébéna

Travailler sur ce texte a fait ressurgir de ma mémoire un personnage oublié du passé.

Un certain René. Il avait une odeur particulière, René, et aussi la peu délectable manie de manger ses crottes de nez. Été comme hiver, René portait le même anorak déchiré.

Je lui rends un discret hommage ici.

*Vous avez aimé*

UN CŒUR GROS COMME ÇA.

***Découvrez d'autres romans dans la même collection...***

**Lydia et l'aquarelliste**
Jo HOESTLANDT
Ill. de Gwen Keraval
*Dès 8 ans*

Tous les étés, Lydia passe ses vacances en Bretagne chez son grand-père qui tient un bar face à la mer. Elle est impatiente d'y retrouver les personnes qui rendent ses vacances inoubliables. Cette année, un nouveau venu bouscule ses habitudes : un aquarelliste. Après des débuts houleux, le plaisir de peindre va rapprocher le vieil homme et la petite fille...

**Mémé, t'as du courrier !**
Jo HOESTLANDT
Ill. d'Aurélie Abolivier
*Dès 8 ans*

Annabelle doit s'entraîner à taper à l'ordinateur, alors elle décide d'écrire à sa mémé. Bien sûr, mémé radote un peu et tarde à lui répondre. Mais, de lettre en lettre, une tendre complicité s'installe. Elles discutent de tout : des parents, du cinéma, de l'école... Et quand Annabelle se fâche avec sa meilleure amie, mémé lui répond qu'il lui est arrivé la même chose !

## Loin des yeux, près du cœur
## suivi de La fille de nulle part

Thierry Lenain

Ill. de Élène Usdin

*Dès 8 ans*

*Loin des yeux, près du cœur*

Aïssata et moi, nous nous donnions la main. Moi qui étais aveugle, je lui apprenais à écouter le pas des gens, le chant des oiseaux. Elle qui était noire m'enseignait les couleurs : le bleu, c'est comme l'océan quand tu es devant…

*La fille de nulle part*

Avant, Pablo ne s'intéressait qu'aux extraterrestres. Il ne savait pas que l'amour ne prévenait pas avant de frapper. Aujourd'hui, il pense à Mila. Elle portait en elle tant de mystère…

## La sœur qui n'existait pas

Emmanuel Trédez

Ill. de Frédéric Rébéna

*Dès 8 ans*

Déménager, changer d'école, se faire de nouveaux amis, ce n'est pas évident, surtout pour Théo. Avant, il était le chouchou de la maîtresse et le chef d'une super bande. Maintenant, personne ne lui parle, il se sent seul et isolé. Il faudrait qu'il parvienne à intéresser les autres. Mais comment ?... en mentant peut-être ? Après tout, un petit mensonge de rien du tout, ce n'est pas bien grave…

## Lili et le loup

Michèle Cornec-Utudji
Ill. de Peggy Nille
*Dès 8 ans*

Qu'il est tranquille le monde doré de Lili ! Mais qu'y-a-t-il derrière le mur de son jardin ?
Ce n'est pas dans ses livres que Lili trouvera la réponse. Elle part seule dans la forêt… et y rencontre le loup. Contre une boîte de pâté, il accepte de jouer avec elle, et même d'apprendre à lire. Mais ce loup, si bon élève, résistera-t-il à l'envie de manger Lili ?

N° d'éditeur : 10236711 – Dépôt légal : janvier 2014
Achevé d'imprimer en mai 2017
par la Nouvelle Imprimerie Laballery, 58500 Clamecy – France
Numéro d'impression : 704380